虚度

XU DU

吴艺◎著

黄河出版传媒集团
宁夏人民出版社

图书在版编目（CIP）数据

虚度 / 吴艺著 . —银川：宁夏人民出版社，2016. 12

ISBN 978 - 7 - 227 - 06520 - 3

Ⅰ. ①虚… Ⅱ. ①吴… Ⅲ. ①诗集—中国—当代 Ⅳ. ①I227

中国版本图书馆 CIP 数据核字（2016）第 282179 号

虚　度　　　　吴　艺　著

责任编辑　杨敏媛
封面设计　王　稳
责任印制　肖　艳

黄河出版传媒集团
宁夏人民出版社　出版发行

出 版 人　王杨宝
地　　址　宁夏银川市北京东路 139 号出版大厦（750001）
网　　址　http：//www. nxpph. com　http：//www. yrpubm. com
网上书店　http：//shop126547358. taobao. com　http：//www. hh - book. com
电子信箱　nxrmcbs@ 126. com　renminshe@ yrpubm. com
邮购电话　0951 - 5019391　5052104
经　　销　全国新华书店
印刷装订　四川金邦印务有限公司
印刷委托书号　（宁）0003357

开本　700mm × 1000mm　1/16
印张　8　字数　100 千字
版次　2016 年 12 月第 1 版
印次　2016 年 12 月第 1 次印刷
书号　ISBN 978 - 7 - 227 - 06520 - 3/I · 1711
定价　40. 00 元

平静与沉实　优雅与朴素（代序）

——吴艺诗歌解读

李　犁

相对习惯于翻腾、颤抖和剑拔弩张的诗歌来说，吴艺的诗歌却让我感到了一种平静。平静的表达，平静的推进，向平静的抵达，等等。让我一贯疾速的阅读也慢下来，平静地咀嚼和品析他诗歌的意蕴、意象，以及平静咬合的词语间留下的情感齿痕。平静就是走四方步，就是在磁悬浮一样快得发晕的诗歌列车面前，不慌不忙地看自己的风景，但吴艺不是闲云野鹤，他看到的景物都是能掘到他情感的根须，有的就是连接他生命的脐带。譬如故乡、亲人，思想的荒村、拨动他记忆的火炬松，以及那株总在我眼前晃荡，病房中陪伴95岁老人的大丽菊。在这些点燃甚至掀翻诗人情感的事物面前，保持匀速的四方步似的写作姿势，就不是一般的平静，而是一种洞察，一种提前预知了万物的结局而呈现的冷静和豁达。

冷静不是冷漠，豁达也不是无动于衷，而是那句老话：看透了人生，还依然爱着。否则吴艺就不会在缭乱的生活里发现触动心灵的人和事，也不会一个人在郊野想到芸芸众生，更不会在秋虫的鸣叫里感到灵魂的震颤。能有感而发，能让一草一木勾出内心的千山万水，证明吴艺依然是一个有善念有悲悯有情怀的诗人。平静只是他写诗的节奏，是他关照和抚摸生活的方式和习惯。而这样的诗就有了平静中有风暴，不动声色里有惊雷乍响的效果。譬如他的《病房里的大丽菊》，写一位95

岁的老人“一生视花草如同女人”，他 85 岁的妻子就把大丽菊插进病房的矿泉水瓶子里。所有这些的意义体现在结尾：“她在花坛内掐下这朵大丽菊后，/不停地向他求证：好看哇……/如同当初两人的相遇——/喜欢一株年轻的大丽菊，/因为有一天，它会老去。”

“不停地向他求证：好看哇……”这是一个非常值得品嚼的细节，除了使诗歌视觉化，还让诗歌动起来，有声有色中更有情趣，而这情趣发生在行将落幕的两位老人之间，就显得弥足珍贵。因为美好的一切就像这掐下的鲜花就要掉落，亦如捧在颤巍手里的瓷器，既非常地珍惜又怕滑落。诗歌在瞬间让我们感到生命的灿烂又短暂得无可奈何。这是诗歌沉重的部分，但它也透露了另一个信息，就是两个人因花而结缘，并有花一样好看的青春和爱情岁月，这样的人生虽然短暂但无悔并值得再来一回。平静的叙述中有着滔天骇浪，这比舞舞咋咋地大喊大叫更有效果。所以吴艺平静的后面是平实，是拔掉生活表层的花草，摈弃虚妄的抒情和夸张，让生活的真相和诗歌的本质自动裸现，至于有什么意义，请读者仁者见仁智者见智吧。

有意思的是，生活中的吴艺似乎不是这么一个平静的人。虽然我与他只有两面之交，但他给我的印象是真诚热情，是一个很性情且容易激动的兄弟。一个易燃的诗人写冷静的诗歌，这似乎不太吻合，但是从心理学上说，人格是需要互补的，就是一个冲动和大大咧咧的人，在作品里往往更沉静和细致。这是因为生活中燃烧完了，写作时就冷静了。吴艺易感，这让他比常人多了对生活的感受力，多了写作的可能性，但真的写起来，因为激情已经在生活中挥发掉了，就变得沉静和理智了。当然更深层的东西更复杂，因为人本身就不是单一的运动体，情感和思维更是。总之感性让吴艺敏感，很快进入诗，理性又让他沉静，深入到思。诗和思让他的诗歌有血肉也有骨头。这是他平静写作的另一种状态，就是冷静的观照和深刻的思。表现在诗歌里就是抒情中有感慨，叙述中有议论，这是思对事物的抽象和总结。这样的写作方式在他的这些诗歌中比比皆是。譬如《玻璃器皿》中“生活本应该有态度，/哪怕粉身碎骨/也会锋利且透明无比”；从《郊野》发现“所谓家园有时经不起一场晚来风急/更让人锥心的是不远处的工棚/在雾霾里筑就城市野心的前哨”；通过《赶夜路的人》，也许就是他自己，看见并认识到：“在一路香樟、法国梧桐遮住的灯光下/滋生的邪念，收敛的道德/是握在手中，一枚硬币的两面”，“我们是千万匹木马/把危险深藏心中，在天明时说谎/在黑夜中去掠夺，去疯狂地爱”等等。我把这些段落和诗句理解成吴艺诗歌中锐利的部分，是力量，是剑尖和刃，更是诗眼，是平静的升级版冷静的结晶。标志着吴艺的诗歌不是向外沸腾，而是向内凝聚，凝聚成骨头和思想。这让他的作品与那些总是在激情中咕嘟着蒸腾着诗歌比，显得有点凉，至少不烫人，像淬火的钢和铁，是兵器，固体的，而不是开水和洪水，凝重而不轻浮。这是思的状态，也是思的结果。当然思就要思万物的根，思生命之本，这让吴艺的这些诗歌就有了穿过生活的表层，破解生命之谜的厚度和尖锐感。但是诗毕竟是诗，再重大的思想也必须是在情感冲动和流动中自动产生，所以吴艺的这些思都带有情感的温度，是与血肉搅和在一起的筋骨，是诗化了的思考，是来自于生活并被诗人体验过了的思，这样的哲思就接了地气，有了生气和知觉。最典型的是这首《菊》：

城市的君子隐于花鸟市场内
与尘世，与凡心，与稻粱
决裂。让迟到的大雪羞愧
王孙，那只是一段脆弱的尘缘

这是写菊花的魂，单薄但高拔，绝不流俗并超然于红尘之上。这首诗后面以写南山为主，因为南山是菊的故乡，陶渊明就有名句“采菊东篱下，悠然见南山”，南山是隐者的暗喻，是君子，是菊也是清高和纯洁的象征：

南山不是御史台，不落血雨不刮腥风
南山也不是国子监，没有牢骚、不遇

南山更不是中国好声音，《南山南》只唱出了喧嚣

南山是庙堂与江湖的降压药
更是老家10年前——
每年十月都要举办的菊花展；在赭山公园
孤身一人寻找菊花丛中的姑娘

我认为这是吴艺最好的诗歌之一，意象与意旨、叙述与描写，还有情与理、远与近、轻与重融合得不留痕迹。思稀释在诗里，认知的高度和深度融化在诗意甚至趣味很浓的表达中。最后一段是高潮也是诗歌最高妙之处，见诗人功力也见作品力度，而且把菊的虚玄现实化真实化了。诗人突破了难度，诗歌就有了常人无可攀援的高度和动人之处。

这首诗歌即使流动起来，但依然是从容不迫，平静加上冷静，让他的诗歌沉实又飘逸。而且他的诗歌不仅慢，甚至总想停下来。不仅停下来，还想回撤，也就是返乡。这是诗人内心的归宿，诗歌的总方向。这个过程虽然有点激荡，但充满诗意，甚至让人有点陶醉。正因如此，我饶有兴致地反复吟诵吴艺的《还乡》，尽管村庄早已变了模样，但是故乡依然是医治都市人精神迷茫的良药，是现代人精神的出口。所以吴艺这首《还乡》就有了无限的诗意，有了精神启明灯一样的价值。即使有怅惘和失落，也非常的美，非常的令人沉醉。如果用一种品格来概括就是：优雅和朴素。前者是气质，后者是品质，这样的诗歌既让人仰望，又让人亲切，更直抵人心。也许吴艺的诗歌还没有全部达到这样的境地，但他正走在通往这个境界的路上，这让我们充满了期待和信心。

这就是我对吴艺诗歌的理解。最后让我们温习他的《还乡》，让我们在吴艺的现实又浪漫，清澈又深邃，以及巨大的乡愁诗意美中返回自己的精神之乡：

如果时代久远一些，我会骑一匹
青骢马踏尘归来

回到离开之前的茅舍
土坯房的气息还在一年四季喘息

如果我一袭长衫，锦帽貂裘
能在村口的那棵槐树下
那长大的水乡妹子
还能和我一起闻闻槐花香吗
……

李犁：当代诗人，诗歌评论家。《中国文人书画》主编。

目　录

赶夜路的人

沿着二环东路，披着夜色
转进余家漾小区后门的新华路
在一路香樟、法国梧桐遮住的灯光下
滋生的邪念，收敛的道德
是握在手中，一枚硬币的两面

那座教堂，那座新开业的沃尔玛超市
就像未建成的巴别塔
我们在塔下互不相识，木讷徘徊
夜色是走不出的梦境

我们是千万匹木马
把危险深藏心中，在天明时说谎
在黑夜中去掠夺，去疯狂地爱

此时，只有站街女如鱼得水
夜色是她们的沃土
种下她们的身体
让欲望只结果不开花

——城市的夜，在各种灯光照射下
犹如各种友情，半明半昧

一株孤单的石榴在盛开

这是一株孤单的石榴
长在有些凋敝的居民小区里
在周围丛生的荆棘中
只有这株石榴花满枝头

石榴的身世谜一样充满诱惑
像走失多年的孩童渐渐长大
故乡永远是不醒的梦
她的绚丽、孤单中饱含的那点期盼
在荆棘丛中若隐若现……

这是多么迷人而辛酸的哑剧
只有内心如水的人才能看见世界的纯净

石榴还是选择盛开
在炎夏炽热的黄昏里
她把自己当柴火悄悄燃着
虽不能照亮来生的路
却是生命的过程
独自享受属于自己的一丝精彩……

早晨醒来

雨声，击打着防盗窗顶的铁皮
比我手机的闹钟还要早
卧室窗外那棵不知名的树
不禁秋寒更不禁秋雨
泛黄的叶子飘落地面的草丛里
像卸下背负的家族使命

天气预报说今日有雨，也没说早上呀
这样一场突如其来的雨
除了明示要添加衣服抵御秋凉外
我每天坚持的晨练滞留在屋内
等着雨停，等着一次荒废的等量换算

貌似能安排的每一天
有时会被雨雪、感冒、偷懒、想念等等
修改。我突然想起克尔凯郭尔
老年实现青年时代的梦想

今晨，小区公园该是空旷的吧
空旷得只能容纳匆匆来此的雨声

落叶乱

这些红枫还有合欢掉落的光阴
红如梅花，黄如火焰
春的转世又在寒冬来临时轮回
此般宿命，如同那些女人们的香消玉殒
你想她们时，就去读她们的诗词
或者穿越时光等到她们长发及腰
江山社稷只是地图，悬挂墙壁

寒雨惑心。每次读幽兰素笺的夜晚
难以成寐。英雄、帝王还有赶考的书生
真如同这些飘零草丛的叶子
碎裂满地却依旧暗藏杀机
一想到这些，心就是房檐的雨滴
在石阶上碎裂，也在石阶上留下痕迹

想念那棵火炬松

180 公里的想念，是因为上进的外表？
20 多年前，那棵火炬松在车间空压机房的墙根，
淹没在机器轰鸣声里。

我至今放不下它，就像我的过去，
除了户口簿里没有表情的真实以外，
我的青涩，我的丰富，我的狂野，我的暧昧……
我喜欢的那位姑娘，至今连一个吻也没给她；
但我再也不想见她。我只想那棵火炬松的沉默，
什么都知道，什么都不说。

我至今放不下它，就像我的现在，
在异域喧嚣、狗血、快乐的剧情里；
在女人、异姓兄弟、禽兽、上司糟糕的演出中，
与体面的生活保持距离，成本是我的友善。

我是这座城市的另一棵火炬松，
就像当初它离开山峦、离开家园、离开信任的尺度，
让自己长着它的外貌，它上进的外表。

雪悄悄地来

阴冷弥漫已经太久，在香格里小区
最能感受冬天是赖床的被窝
窗下银桂只在十月下雪
那几十株相处九年的合欢
在这种时候，需要漫天的雪花
在稀疏的枝头迎春

昨夜悄悄地来了，我的梦境被你照亮
在转身看到你的时候
牛乳一样的光辉，倒进早餐桌上的玻璃杯中
面包喜悦，我辘辘饥肠更需一场喜悦覆盖

先放下昨天未了的事
想想白居易，想想陶渊明，或者想想庄子
这些因为悄悄来临的喜悦，全力挽救
炉火、南山、菊花、醪酒、快乐的鱼……

虚　度

近乎荒诞的一天
在灰霾与漂移的人群中
迷失方向。一潭死水中的泡沫
被风吹乱了方寸。

柳绵幻化成飞蛾，一个春日
在一个叫荻港的地方，饮酒吹牛
在春草、芦苇、单身女人交织的暗示里
情欲如同暗藏的锥子；内心火焰脱颖而出。
如果燃烧能点亮迷失的眼睛……

还是走吧。人海中没有帆影
喧嚣未必是大海的波涛。
这里没有驻守的西风、瘦马。

吃药。参禅。读史。听雨
能否在次日的黎明中幡然醒来？

吹吹风

天空的阴霾要埋葬一切
多么期盼来一场雨水
城市有多干净就有多肮脏

还是停下来吹吹风
与菖蒲、铁线蕨、红蓼做芳邻
你会理解植物性情
她们从没有背叛过自己

人的内心太需要有乡野之地
太需要轻风拂过的忘怀
做一株沉默的植物
就选择了干净的一生

瞬 间

天是阴冷的
初冬的山凹草木凋零
就因为采访的缘故
一只狗与一朵白菊花
进入了我的眼睛
这两个毫不相干的事物
因我的到来紧紧相连
这朵孤单的白菊花
躺在冰冷的水泥路上
残败的面容被断续的北风
再次揭开伤口
一只路过的狗伸出前爪
面对一朵失去水分的白菊
狗的意图路人无法猜到
在这样的天气里
阴冷弥漫到每一个角落
直到最后一滴水分冻结
就是在这一瞬间
是否狗发现白菊
还剩下最后一滴水分

那时……

春日微醺，听见蜜蜂振翅是一种福气
油菜花，梨花，桃花是陷阱的隐喻
带刺的甜蜜，让欲望付出了代价

田畴如同母亲的胸怀
稻粱、炉膛、炊烟搭建日子
老宅灶头随时宽恕逃离或者迷失

敞亮的沟渠，用最简单的方式
让哲学具体到熟稔的稻穗、游弋的鲳鲚
深水的菱角、凌波的芡实……

如果阳光是海滩上的贝壳
不小心就能拾到甘蔗地里的初恋
今日方读懂桑麻鸡鸣，恩怨相忘

寻　春

从大钱港的河堤开始，
苔藓类植物为裸露的泥土打上补丁。
在寒潮与温暖之间需要这块遮羞布。
那些即将飞抵的鸟雀一生都在逃离，
冬青枝柯上的巢在去冬雪后分崩离析；
无法预料的伤感如同大水中的家园，
柳枝的芽、返青的牛筋草点燃奔波的火把。

肇村寻梅不遇

那一片几千亩丘陵，在城市的郊外
在肇村。满山遍植的青梅，还有梨花
每年入春后，杂乱无章的脚在花枝间寻梦

前些日，山谷寒风料峭，水库罕有人迹
我与那一片青梅隔着一道山梁
肇村的村民告知，我走错了路
还说我来得早了，梅花还未开放

寻梅不遇。我想到一位进山未归的隐士
那没有篱笆与栅栏，甚至听不到一声狗吠的
梅园，一个人的世界里
用芳香，用阳光，用远处的松涛
构筑一道尘世中虚掩的门

望　梅

山谷中。三月的雪线从不到山顶处
下降到山脚。这些只有寒冷中
凝结的弧度，让我们在温暖中相拥
它的体香，是阳光酿造的米酒
喝上一口就会终生上瘾
那些腰肢纤细的野蜜蜂
扇动翅膀，飞行的姿势踉踉跄跄

每双干净的眼睛都有前世
因为我们至纯的修行，重逢此处
在我们被雪淹没之前
心中早就开满了千树万树的梅花

小区公园

大钱港是条直通太湖的河
河堤延伸的开阔地
以前是湖东村农民的菜地
九年前，成了小区再造的绿肺
除了河堤上那一排柳树与一排香樟
其余植物都是新的移民
就像小区忙碌的居民
来自被地理分割相互陌生的家园

偶尔会有鸟飞，警觉地立在高枝
偶尔会有鸟叫，很快恢复平静

郊　野

当那丛蒹葭出现于眼前，在郊野
我不会再想《诗经》里的爱情
它年轻过的春天，一眨眼
让我悲伤。它现在的模样
一如毗山脚下敬老院里枯瘦的白发
我也为那些匍匐田埂散乱的草
担忧。因繁衍这样的小事熬到焦黄
所谓家园有时经不起一场晚来风急
更让人锥心的是不远处的工棚
在雾霾里筑就城市野心的前哨
在冬日，小雪过后无序弥漫的萝卜菜
一只散淡的狗嗅出冷漠的人间烟火
绿色的星火燎原之势异常凶猛

那天在郊野，我没有听到童年的鸟声
更没有采摘到儿时那一颗汁水四溢的清甜

那深处的光阴

所有可见的都在向前飞奔，
如今拥有的相继遗失。

时间就像疾驰的高铁，
面对窗外，一闪而过的是模糊的过去。

人生还在欢喜，因为粉黛，因为双目含情，
戏台的锣鼓早已催人老去。

当内心孤寂宛如森林潮湿的老藤，
愿意为夜莺的婉转重新枝繁叶绿。

有时相守不一定是为了爱，
那个紧随其后的影子永远被遮蔽光芒。

衣裳街

在喧闹的石板路上，已听不到
木质轮毂碾压的吆喝声
就像一枚多年前扔进河里的石子
河埠头捣衣的妇女，最早走进生活
她们的脸庞、发髻、身段，她们的愁容
在记忆中若隐若现，直至虚无

白墙黑瓦是一段走失的方言
乡音变成无主的遗产，你的白发和
这段历史无关。新筑的老宅
燕子与红木座钟不知化为哪粒尘埃
老人在钟表铺里静默中为前朝打磨掉锈迹

木质花窗背后，那扇虚掩的空寂
一如官场的乌纱袍服，穿上它就是旅人
把满腔的家仇国恨，男欢女爱
埋葬在落叶翻飞的路过之地

如今临河变异的宫灯，照不亮前朝的那些事
落在水底……

早知繁华易碎，心颤的歌弦
枕着雪溪的一生，流走这座小城的脓血
新生的柳枝，夜行的人
是否能看见自己的影子

在丽江的酒吧

这些木楼原先的主人不知所踪
就像我看到它的心情，因为陈旧与陌生
担心会有高原反应

喜欢安静的木质纹理，我能感受到
震颤的摇滚、爵士乐就是盘旋天空的鹰隼
借着夜晚的幽暗，在天花板上寻找领地

碰杯声一如沙哑的歌喉
透过黑啤的泡沫，邻桌那位露背的女人
她抽烟，但她的胸部就是贝斯上的弦
只能与她狂欢，天亮了就忘了她

在四方街有更多的游魂无处可藏

一群别墅边的荒地

这里离荣华富贵很近
小区院墙的那道铁门
锁住了外泄的春光

在里面，暗藏红杏出墙
磨砂玻璃后的女人
只会对她的狗脉脉含情

一墙之隔的荒地现在不长果蔬和庄稼
在这片被遗弃的土地上
荒草和野藤成了新的移民

城市需要怎样的扩张
似乎都和荒地有关又无关
地里能长出什么

地没有办法。其实
就像这片荒草和野藤
袒露在繁华与汽车尾气的面前

存在与不存在
都是城市在阳光下
忽略掉的叫“民生”的表情

长在楼顶上的蒲公英

我办公室的平台
是四楼也是三楼的楼顶上
一株蒲公英开出了黄色的花
这样一个青涩的少女
心里想的全在脸上
或许她来自一片山岭
或许是一淖肥沃的沼泽地……

蒲公英沉默的态度演绎阳台上
最迷人的哑剧，这让不远处的
几只麻雀流出了欲望的口水
麻雀斜着脑袋观察，可能
一场雨水过后
湿透的不仅仅是躯体
至于蒲公英来年的身世
被躲在北方的北风秘而不宣

看着这一切，和我有关又无关的
身世之谜，想起了我也是一株蒲公英

每年都在被迫地飘
不同的是，蒲公英飘在风里
我则飘在欲望的人流里

路过一丛芦苇

一丛芦苇就长在
区委大院墙根的水池边
一个很小的家族不知从何时繁衍
芦子苇孙们在有些寒冷的春风里
相互搂着对方的腰身传递温暖

我天天都要路过这里，与它们擦肩而过
我今天终于发现了它们
很仔细地对视，告诉对方的感觉
内心的深处
是中午太阳晒不到的地方

袒露在阳光里的阴冷
芦苇硬撑着不让自己衰老
它下身的躯体被我看到，光滑而缺钙的脚
在用力地往岸边逃
眼前的这一切都在悄悄地发生
我为什么今天才看到
穿过这丛芦苇的间隙
一树妖媚的桃花在敞胸露乳
泄露了我和春天的秘密

秋　虫

当我听到它的鸣叫
或者说是吟唱
发觉已是秋天了
晨露凝结的草叶中
那是一处欢乐的天地
秋虫们的私语
涨满醒着的耳朵
我很愿意听到它的鸣叫
这比人群的喧嚣干净多了
至少我知道
弥漫在草丛里的爱实实在在
人世间的美好
总是那样的短暂。有时候
人生苦短真的像秋虫
再要听它鸣叫
只有等到来年
不知在何处的秋了

小河边

清晨的小河边
能听到一片落叶
落地的声音
昨夜的喧嚣还在沉睡
这里与逐渐放亮的天空
一道醒来
你会发现岸边的垂柳
就像亲人一样的亲近
你可以毫无顾忌地敞开心扉
这要比人群中的真诚安全多了
还有那些爬满堤岸的草
它比谁都清楚身下的秘密
有时清醒的沉默比蛊惑的演说更可靠
只是那位每天都撒网捕鱼的老人
面对经常空空如也的鱼篓
还能乐此不疲
我似乎明白又似乎不明白

一丛蔷薇

从铁栅栏攀援进来
那是四月。走失的青枝绿叶
淹没在荒芜的草中
败落的家族在雾霾中
晾晒族谱。心碎的胸部
让相思成病。隐藏的躯体
在角落里意淫。时代的前卫
扰乱刚成熟的方寸

虚无中堆积的笑容
只有血色没有温度
一个缺少爱的地方
盛开与凋零都不会有眼泪

下坝河

【题记】“口天”小村，在皖南，这里是我的桑梓之邦；下坝河多少年来在“口天”这片沃土上安静地流淌，滋润着千亩良田。在我的记忆中，这里水草丰茂，稻谷飘香，鸡鸭嬉戏，鱼鲜蟹肥，菱甜菽嫩，白云悠悠……

一、记忆之美

1

不需要逐水而居，
我们一出生就在水边。

下坝河的水，就是滋养肉体和心灵的羊水。
我们在四季变换中分娩；
下坝河的水，让每天都要升起的炊烟湿润，
回家的游子就会加快行程。

2

下坝河波涛流经的四季里，
田鹅、鸬鹚还有鱼蟹，

在各自的生态链中安分守己。

下坝河滋养白沙圩口天村千亩良田。
春天野花像火，燃烧着馨香；
夏日秧苗收藏动听的蛙鸣；
秋日蓝天下，熟稔的稻谷低头思考；
冬天，北风感动雪发布来年的收成。

3

下坝河就像我梦中的姐姐，
在植物们喧闹的家族，
广袤的活力来自姐姐沉默的供养。

我迷恋她的清甜，
她是庸常日子的棉花糖；
我热爱她的澄澈，
她是回家之路的一束光亮；
我怀念她的瘦小，
这是等到感恩佳期的牵挂。

4

下坝河是爷爷眼中敬畏的神祇，
湿润的田泥过着烟火的日子。

农闲农忙他都会来到河边上，
吸上一口旱烟，或者在河堤上来回走走；
静默的眼神，就像掌上熟悉的老茧，

岁月更迭中早已融为一体。

5

童年纳凉时爷爷最爱唠叨下坝河的身世，
一次次的夜晚我进入她的世界沉睡，
就像落在她体内的星子。

这是我人生第一部童话。
我慢慢接受游走田埂上的水蛇。

6

野生菰草弥漫的甜美，
还未来得及怀孕的肚子，
是下坝河六月水中簇拥的火苗。

细嫩的根茎有时是长着刺的芡实，
黄色的花瓣与红色的菱角，
让我们顾不上上课的敲钟声。

7

夕阳为水中的鱼蟹镀金，
一群河虾的幼仔是罾网经常捞上的晚餐。

净扫洒水的打谷场余温退却，
露天餐厅是农忙之后交融的休憩，
笑声与饭香让相伴下坝河的日子上瘾。

8

寒鸦的叫声撞击下坝河的冰面；
冬天到了，刈后的田野每一次都能完成使命。

土拨鼠现出原形，
与成群的麻雀争抢遗落的稻穗。

有时一夜之间，我们都被暴风雪覆盖，
坐在堂屋的火桶里，看着纷飞的大雪发呆，
在寒冷与温暖的临界点上收敛欲望。

9

这些深藏记忆中的乡情，
一直是异乡空闲久坐时深邃的光，
更是生命之初田野上干净却静默的河流。

二、现实之痛

10

我再次嗅到水草陌生的气息，
扁担草蜷缩在浑浊的水底老态龙钟。
四十年的睽别，陌生只若初见。

水边的白茅或者蒹葭像一本盗版的《诗经》，

美好是罪过，不禁岁月；
但要原谅世间万物的变迁，
看到它们时，我早已心底荒凉。

11

冬日的寒冷，我们除了厚厚的棉衣遮体，
死寂的田野再难相遇寒鸦的身影，
就连麻雀也像空壳村的老人，
偶尔穿过无人的村巷。

偌大的田野只有稀疏的稻茬在腐烂中静候春天，
犁铧包裹的锈迹是农历贴上的封条。
消失的冬麦如同走丢的童年，
闭着眼睛熟悉，睁开眼睛陌生。

12

四十年对于河流，以致她哺育的家园，
恒久与一瞬，都恍若隔世。
下坝河，在时间的迁徙中已经遍体鳞伤。

工地的掠夺与飞舞的灰尘，侵蚀着她滋养的田野，
如同霉菌，不痛不痒实现扩张。

一条断流的河，注定要成为飘逝的尘埃；
一条断流的河，就像无法挽留父母的老迈；
一条断流的河，无奈中终结母系时代的族谱；
一条断流的河，是童年丢失蜜蜂般的甜美……

13

这片田野，以前只种稼穑、甘蔗至多还有葛覃，
田埂上点豌豆，春来采微菜摘卷耳，
农历生活最适宜陪伴亲人们慢慢变老，
与相爱的人厮守终生。

14

如今，烟叶取代了稻谷，抛荒占用了农忙。
土地板结。荒草弥漫。河水浑浊。沟渠开裂。
农药的遗毒就像隔世战争留下的硝烟，
把疼痛与创伤留给消失的——
蛙鸣、泥鳅、黄鳝、蝈蝈、蝴蝶……

如今，河水中挖到莲藕细嫩的根茎沾满水锈，
暮春攀缘桑树采摘汁水四溢的桑葚在时间里难寻踪迹，
不能随意掐一株野生菰草放入口中嚼出甘甜……

三、未来之寄

15

结痂的农历需要时间修复童年的纯美。
春雨濡湿满潭蛙鸣，躺在青草的怀中，
燕子衔来田泥修补旧时的爱巢。

乌桕树是秋天水边最美的歌谣，
满树红叶一如村人灶膛里燃烧的火苗。

16

四季里有耕牛、犁铧，有稻香、麦浪，
有刈后的空寂，有大雪覆盖的辽阔，
有柳枝上鸟声的婉转，桦树、椿树、苦楝深处古典的鸣蝉。

17

耘田的谣曲搭乘蜜蜂的薄翅飞抵白云之巅。
无需韵脚秋虫们的合唱如偶遇的村人问候。

亲人般田野盛开油菜花一样的热情，
结绳记事的日子，我们只关注日出日落，
还有如泻的月光，村姑的脸庞。

18

火、斧子、镰刀……
岩壁的先祖也能在下坝河广阔之地刀耕火耨。

苔草、灌木、杂草，
久远的荒野就像下坝河羞涩的少女时代，
在那儿，拓荒者沿着河岸徜徉……

19

宁静，幽寂是下坝河哺育田野回归的慢。
神祇般的河流、田野、稼穑，
在不知不觉间繁衍世代苍生。

还　乡

——致父亲

一

如果时代久远一些，我会骑一匹
青骢马踏尘归来
回到离开之前的茅舍
土坯房的气息还在一年四季喘息

如果我一袭长衫，锦帽貂裘
能在村口的那棵槐树下
那长大的水乡妹子
还能和我一起闻闻槐花香吗

我向往活在功名时代
在我选择离开之时
就是为了家族荣耀，为了男人活着简单的方向
为了长大后水乡妹子羞怯的笑

二

这片土得掉渣的圩区
原先属于农历节气
就像我，无论生活在哪座城市
每一顿饭都要有辣椒相伴

田畴广漠。江南水乡
四季分明，植物们选择最合适的时候出来
我熟悉她们的皮肤、颜色，甚至出生的部落
我能用口语亲切喊出她们的乳名

那棵依然活着的老柿子树
是水乡深秋点染的写意
多少年了，她的果实从没改变模样
乡村故事跌宕起伏

那口还没有干涸的老井
已荒废多年。蜈蚣、壁虎，罅隙中落满灰尘
这清凉的井水，曾洗干净我的身子——上路
多年以后我回来，井水变成父亲流淌的浊泪

三

农历的故乡活在记忆里
读书人在纸上寻找温情的童年
我开着汽车还乡。没有羊群，没有牛粪
故乡和我互不相识。我在想

退休还乡的父亲是否和我一样陌生
叔父老了。堂兄、堂弟，堂姐、堂妹
每个人都是一个不交叉的世界
他们生在故乡未必熟悉故乡

老迈的父亲住在老宅里
常常发呆。起得很早睡得很晚
他要让醒着的时间
都用在还乡的路上

我多么怀念那个骑青骢马还乡的年代
青砖黑瓦。青石村巷。土坯茅舍。澄澈河流
羊群。牛粪。这些永远在
现在我只能像我父亲，还乡却回不到故乡

乡村二月

偌大的平原停泊在视线之内
那些忘记仇恨的水被寒冷冻结。

村落与田畴，鸡鸣与狗叫
枯柳与白桦，泥泞与残雪……
这些乡村孤寂的留守一直被误读。

液化气烹饪的家宴是慢性迷药
离别让怀念患上炊烟的病。
不著文字的乡音担心哪天会失传。

密集而又危险的白桦林里
花喜鹊用爱，用美好搭建窝巢。
缺少水分的皖北田野，此时
踮脚就能望到三月雨季的身影……

乡村素描

麦子长出了芒，应该芒种就不远了
一个即将沸腾的南方乡村
会被潜藏秧苗下的布谷鸟叫醒

此时，在阳光下，风再大一些
负重的油菜，爆裂自己发布收割的日期
野生的茭白最清楚水下怀孕的肚子

田埂上的家园，水红的蓟草酝酿飞翔
波斯婆婆纳。老去的荠菜。结籽的车前草
都精彩地活在自己的世界里

野老稚童撒网捕鱼是乡村传承的影像
在乡村，一切都是那么安静，有时
猫的脚步声比远处的狗叫更抓人心

桑　葚

桑树的汗滴压弯初夏的枝柯
献给丝绸的叶子，千疮百孔

剩下的甜，撩拨眼睛的欲火
山野田畴是初恋的脸红

庸俗的仪式催生一场私奔
紧紧相拥的托付安心睡上一宿

一个关于丝绸家族的野史
汗水在光鲜的躯体上结茧

稻花香

稻花的香气，闻到童年的味道
已经模糊却常常思念
她的清香会是什么香呢
从泥土里飘散出来
那样火热的温度
就算是最浓郁的季节
也清淡一如农人居家的日子

或许，怀念中的稻花香
早变成纸上的温情
被一次次轻松地演绎
在每个人的心里
她是唐诗中的绝句
宋词里的小令

其实，稻花的香气
只有凝结在露水中
虽然瞬间消逝
也是故乡傍晚的炊烟
从爷爷活着的时候

一直飘到现在
飘到背井离乡的男儿
长成异域的一棵稻粱

豌豆苗

南方的田野等到了春天
紫云英、油菜、麦苗、蚕花
交织的乐声里
豌豆苗是丝竹上的弦
弹拨月光，泻下发髻上的银簪
眼睛里稀疏的行程忙着打点行装
那一串脚印早已是锈迹斑斑

有时对她的思念是熊熊的烈火
先让自己燃烧起来
努力为过期的青春作一回伪证

立冬

风卷起成片飘落的梧桐叶
与地面摩擦发出窸窣的哭声
此时的吉山中路如一部黑白电影
除了侵略的雾霾，零星走过的路人
像与自己的灵魂走散

几天寒雨。抬眼穿过稀疏的枝柯
那些枯黄的树叶是被淋湿的流浪猫
已无心声嘶力竭亦无心获取怜悯
灰暗的天空装满冰块
随时等着北风再次剪开

临街烤番薯的生意好了起来
那些单薄的年轻男女
拿着刚出炉的番薯先把手焐热
好像温暖比寒冷更容易获得

等待一场雪

你一直都没离开过
在我的左边右边头顶上面
我甚至能碰触到你冰冷的欲火
我要焐热不能结果的花朵
我学会在皱纹中适应虚无
但我会虚构一只壁炉
把写完的信笺点燃
安放在炉膛内取暖
你应该就要来了
那个多年未见的邮差
就连飘出的铃声也生锈了

其实你一直都没离开过
在我的左边右边头顶上面
我要在干净的途中老迈

雨要来

雷声在敲门，内心开始下雨
夏至一来，暑热敌过千军万马
大钱港的浪涛虽然只漂浮蓝藻
文明的腥膻打捞记忆中的腐尸
树梢立场开始摇摆
雨，来或者不来
它顶多只是旁观而已
枯叶悬浮空中让风显形
灰霾驱赶着路边闲坐的老人
几只蚂蚁由草丛急行至水泥路面
稍后又折回草丛
一条幼年蜈蚣与蚂蚁们不期而遇
结局在雨来之前不能确定
这个世间许多事情发生前，就像雨要来
互不相干的偶然千丝万缕

雨一直下

这个端午注定要浸泡在雨水中
没有间歇的雨
在窗棂、门楣、外墙上游走
我已想不起艾草的清香
雨水也阻止不了那些成熟的梅子
一直甜到心里的欲望

之前的两天
听着雨声入眠再被雨声唤醒
我都想着一件老掉牙的事情
那个为气节而投江的人
是该在泪水中怀念
还是在欢笑中忘却

雨一直下
没有结果的早晨和夜晚
外面的一切都是那样的昏暗
就像在今天的餐桌上
面对我的亲人们一言不发
听着那滴滴答答的声音
在阴郁和窒息中挣扎

听　雨

密集的雨滴蜂拥而来
在乌桕、栀子花、丹桂叶面上
集结。在夜的海底
竖起耳朵。窗户外面
兰草之心在温柔的潮湿

停在手中的书，无言以对
我和她，还有雨滴都在奔波
同样的宿命，迥异的结局
低回的诵经声，盘旋在窗外
我安静地等待
推窗而入的那一瞬

入梅第二天

没有打算停歇，真像年轻时的任性
那时心有所期，有许多路的前方
摔碎在路上也快乐如蜜

这雨仿佛同样在赶路。一场事与愿违地
来临，植物性别的梅子沾染水性的习惯
年轻的任性这回与水无关
它的病只有迁徙才能不治而愈
这场雨也在迁徙

我们都在迁徙，无家可归
不是雨的阻隔，而是有雨相随

夜晚，暴雨停歇之后

大街小巷越来越捉摸不定
夜色让半个地球沦陷
暴雨让回家的路沦陷
罕有人迹的街道，只能听见水声
路灯荧光照射下像刚散场的剧院
它的微弱被缓慢驶过的车碾碎
城市的片刻宁静，来自于危险袭来
城市的喧闹，肇端于水退之后的魅惑
内心犹如孤岛时，就一直朝着前方
暴雨停歇之后，水面除了有灯影
那枚冲破云层的新月又被水波揉碎

割草机的嘶吼

割草机的叶轮在合法地杀戮。
浓密的草坪顷刻间露出茂盛的伤口。
初夏的空气中，被忽略掉的农耕嗅觉，
它的过去和未来都远离了生活。

田园就像记忆中的先祖，
清楚记载于族谱中，血脉相连；
但它的模样却模糊不清。
稼穑是每个家族的人间烟火。

割草机的嘶吼，如同替代文明的号角。
只是那隐约传来鹧鸪的叫声，
是否记着昔日的秧苗长成稻穗；
收割的油菜田里游走的小蛇，
是否在农历节气认不清自己要走的路。

对　岸

河面变宽了，对岸没有远去。
一连几天，暴雨发动骚乱，
罪恶流入河中；湿气就像河流的叹息。

晨光熹微除了让植物们渴望，
其实那是交替的黑暗。
包括公园晨练的老人，
需要跨过横亘的河流去对岸。

信仰不在于追随者日常的布道，
它有时简单一如数学公式，
只要开始代入，不同路径都能趋向答案。

对岸即将竣工的儿童乐园，
形同子宫，光明到来之前，
先要跨过眼前这条横亘的河流。

玻璃器皿

它有形。内心却透明无比
液体的胸怀，柔软是一种态度

如果每天都能老去一点
它看着，只是静默中什么都明了
所留之痕，就像书页漫不经心的指印
生活本应该有态度，哪怕粉身碎骨
也会锋利且透明无比

虚妄的历史，那些人，那些事
难再装进它的胸怀

甜品店

化学方程式演算出糖分
隔着一层透明玻璃极尽妩媚
尽管它暗藏着绣花针一样的香水之毒

味蕾不能示人，另一处隐私
只有触碰到甜时
花朵才会失去底线，背叛季节

这么多五花八门的面孔
有着油彩一样的斑斓
有着斑斓一样的陷阱
有着陷阱一样的柜台
有着柜台一样的人生
有着人生一样的甜品

所有如此都逃不出
化学方程式演算出的结局

山 居

喜欢山居的人，他一定害怕喧嚣
害怕走丢的安宁再也找不回来
害怕风餐露宿误解内心久远的荒漠——

躲在草木之间，就成为一棵草木
静默无声——除非蝉嘶鸟鸣唤醒隐身的松涛
山风一来，雨就跟在身后不远了
和喜欢的人，在雨水中清洗欢欣
呼出的气息就是草木的体香
偶然间遇见一种叫“商陆”的草药
它被视同草莽，在这里失去价值
一次的退守，就是一次底线的溃败

溪涧与各种鸟雀桴鼓相应
欢快如同四溅的水珠
濡湿阳光洒满草丛，再头也不回地流走

早晨谣

我知道窗外的黎明已驱散梦境的迷离
冬去春来，鸟的叫声似乎有点陌生
迁徙的家园不能长久留有气息
陌生一如黑夜中奔跑的热血

一杯牛奶宽恕蔗糖的入侵
一片面包成为色拉的底色
适度的假象唤醒惺忪的温情
女儿的脚步声远远超过了我的脉搏
上课的铃声如同燃气的火苗
催人奋进；各种纷扰如同牙膏的泡沫
来得密集，走得了无痕迹

每一个早晨都是一个开端一种结束
与初升的太阳，被遮住光芒的晨星比
我在渺小谦卑的低语中路过今生

母 亲

过完正月初七
母亲就开始打点包袱
她说，儿啊我该回老家了
冰箱里的熟菜够你吃上一阵
从老家带来的香菜不能留长
还有记着定时吃“伲福达”……

我很认真地听，却又不知听到了什么
我的鼻梁像被人拍到
我说，“在这里我过得很好”
就算这是一句假话
母亲也会听成一句真话

到了晚上我给母亲打电话
说来说去还是分别的那些话
母亲呀，你可知儿最想知道
你在老家过得怎么样

秋意浓

——献给我的母亲

那些味道，那些飘散在家里的
菜谱中没有的味道
腌笃鲜爱上沙锅的味道
猪脚黄豆炖暖秋凉的味道
银耳雪梨清火的味道
落下的叶子回归的味道
夜晚的棉被开始有太阳的味道……
你的魂就丢在那里了

如今，母亲一吃过午饭就开始打盹
有一答没一答说些老话
有时也会莫名其妙地笑笑
这种笑容只有她孙女来了才有
但我猜测，今天母亲肯定
想起了她的少女时代的某件事情

秋风帖

秋天不是从一片落叶开始
父母日渐老迈，让我一看见芦花就想掉泪
飞过头顶的雁阵几时才能安然到家
秋风穿行于两座城市，剥离身心
生活杂陈的况味不能如实呈现

年少轻狂，在我懒得剃掉的胡须面前
黯然无光。一整天躺在沙发上回想做错的事
那本《颜氏家训》还有《了凡四训》
最适合秋雨绵绵中洗尽铅华
我更加迷恋一处，属于我的小舟
从离开岸边的那天起
只惦念不见面

游　园

每一步都踩在园子的丝弦上
人去音在。戏台上的水袖比吟诗作赋
更费笔墨，出将入相就过完了一生

轻叩门环的家书，一声乳名，一口乡音
旧时燕子在房檐上挂起灯笼
菊花酒令至今都活在茱萸的枝柯上
在九曲的水边，熬成红泥小炉的药香
只有弹拨评弹的手知道酒盏的江湖之远

拙政园紧合的门，打开就是一部《论语》
匆匆而过的游客仍是蝼蚁般的子民

寒山寺

我听着外面的雨声，这些来自天宇的
钟声，是所有虔诚者迷路时的莲花
那座姑苏的小城，她的橹声已皱纹满天

我们不谈家国，只讲儿女私情
那么久远，那一声声的钟声
敲碎的是功名，或是流徙途中死去的理由
那么强大的对手，难敌姑苏妩媚一笑
不可一世的英雄还能怎样

一次偶然，是千年的缘
连枫叶都染霜了。天宇坠落孤冷
因为一次茫然夜泊
让多少人心碎，那钟声隐约暗示
各安天命。在坠落的途中
你心里开满相依为命的莲花

铁佛寺偶题

一

喧嚣是一片海
回头那一瞬　淹没或者漂浮
岸呀　你总是以背影示人

海中的孤岛
泗渡信徒　也接纳偶遇者
宁静是天堂　身前短暂身后辽阔

二

纸上下偈
有人说比不了一碗清茶
如果是一缕香烟呢

那柔软略带潮湿　心敞开
涤荡浮尘　不是忘记功名
而是看淡或者不需要

三

做一株虚幻的菩提
心生莲花　离圣洁近一些
清风明月　大雪飘飘

半日醍醐　馈赠月光和雪
铁佛沉默　香炉安静
胜过千言万语

寻寺记

那座相隔几百里的山寺
须弥山用现代汉语召集信徒

盛夏的山里，鸟鸣蝉嘶虫叫
但见不到它们的身影
它们躲在午后山寺的空寂里

暂歇的过堂诵经
像沉默不语的佛
声音与相，见与不见都在无念

山风吹动风铃
抬头刚好见到，在山脚处
时隐时显的浮云

合欢林

她的繁花已落尽。初夏之时
当身旁桥上的轮毂碾轧雨季的水花
当白猫黑猫一整夜叫碎夜晚
当一朵朵菌菇从它们体内长出……

绿叶之间的信念就彰显在蓝天白云之下
方寸之间的辽阔无需仪式的渲染
一场暴风雪的热情也不过如此
一场柳絮的盲目体悟到始乱终弃

那朵莲

那汪水。那汪江南恣意的羊水
水晶般的生命在洁净处翕动，而后安谧
清风无意间吹过，浮想联翩胁持流言在发酵
高墙内的绯红收敛耀眼的光芒

谁在按时焚香抚琴，要去感动月光
喝上一盅绿蚁老酒，私奔如水一样流淌
在疾风骤雨后，扫尽窗下微醺的叶子
那悦耳的马蹄声却滞留在前朝寻欢

眼前这只陶缸在演绎一代不很久远的王朝
兴盛与衰败，那朵莲已由不得自己

菊

城市的君子隐于花鸟市场内
与尘世，与凡心，与稻粱
决裂。让迟到的大雪羞愧
王孙，那只是一段脆弱的尘缘

在哪里相遇？蓬草之间的流落
喝过桂花酒后，就该轮到饮菊花酒了
结籽的，那株叫南山的茱萸
一路陪侍的身份高贵起来

南山不是御史台，不落血雨不刮腥风
南山也不是国子监，没有牢骚、不遇
南山更不是中国好声音，《南山南》只唱出了喧嚣

南山是庙堂与江湖的降压药
更是老家10年前——
每年十月都要举办的菊花展；在赭山公园
孤身一人寻找菊花丛中的姑娘

柿子熟了

竹林、狼尾草、灌木有些虚弱
深秋干燥的山坳，《黄帝内经》诊断为
“消渴症”。这与思乡毫无关系的富贵病
就如思乡的夜晚需要常年服药，但不能治愈

缺少水分的中国故事，红颜当是主角
柿子树，是深秋回家的火把
亲人则是异乡孤寂时想念的果实
让思乡果腹，却依旧空如乡野
成熟意味着晾晒病痛
满颜欢笑，内心如同决堤的河流

一年一次，寻一帖悬挂枝头的药方
炊烟作为药引，乡音文火慢煎
却让一次次的相聚中毒，离别上瘾

红梅花儿开

温暖离开已经很久了。
虚弱的万物萧条
更应该冬令进补。
把一段香深埋冰雪之下
枝柯上的婚床在等一次初夜。

原先沉闷的家族开始活跃
为那桩私情有了结果。
还有什么比家族的繁育更重要?
太需要举办一场久违的喜事
那些僵硬的脸慢慢泛起红晕。
冰天雪地祝福
最先偷尝禁果的那朵。

爱，穿上夹袄包裹火焰。
一场稍稍提前的婚事
为家族所有的女人们催情。

火　焰

——给青年油画家许章伟

火焰是黑色的。没有
点燃的煤，蕴蓄热量
叫醒沉睡的火柴

在黑夜里冥想，闪电
不在云端，只在心间游走

信仰是思想的钙片
失血的美，揪心但不忍舍弃
再明亮的火焰也会冷却
灰烬的余温为一把刀
完成淬火

小　憩

——给郑宏

秋风微凉吹紧松弛的皮肤
而此时，迷路的心被暌违的问候
焐热。糊口的冷面慢慢消融冰霜
在阳光花房捡拾遗忘的理想
人到中年，青春是一瓶掺了水的酒
所谓的阅历贴上防伪标签

我们用口水解剖女人和性
那么冷静，像在大学的教室里
给学生们传授人生无用的大课
期间，我们也谈叔本华，谈自己的专业
谈规划中的车间，还有怀孕的品牌
这些对于我来说，就像叔本华
用一整本书论证的道德与自由
不再胆怯让外遇与婚姻角力

一个下午，我们都不希望谁先离开
相互取暖的心，迟一些回到
纷繁的人事，孤独的盛宴

灯在对面

在酒店门口的地面上，氖灯亮着，
下山的夕阳重新落在路面。
古旧与昏黄的氛围，
分明是古书里悲伤的柳枝，呜咽的箫声。

我坐在太白第一楼的餐桌前，
隔着蒙尘的玻璃，幻想一声脆薄的碎裂，
就能链接导读两个世界。

我刚刚从采石矶上下来，
披着如氖光一样的倦意，在它的对面发现，
这是外婆近盲的眼神，只要有人从眼前走过，
她都报以慈祥的微笑。

荒　村

山坡下面，时间丢弃空壳
白茅、矮地松、爬山虎悄然占据领地
它们疯长着肆无忌惮的孤寂
曾经的炊烟、狗吠、鸡鸣是一桩悬案的线索
卷宗里的来历早已蒙尘逐渐淡出
无可阻止的消逝终将成谜

头顶的星空才是永恒的村落
却无法到达。否则
身边的那些人，那些事轻易如烟飘散
——丢弃能否找寻到成为星空的路径？

舞　者

城市空隙处
比如小区公园、市民广场
这些有太多可疑的地方
她们的舞跳得简单
扭动身体，再一如既往

她们是舞者
柴米油盐睡在各自厨房
音乐醒着。月亮醒着
她们的皱纹被月光抹淡

这些舞者
总是把复杂的市井
跳得这么简单
忘了每天生活的账单

老　乡

在没有故事和初恋的城市
一群寻找生活的人
关注出身。口音是一张
入场券。歃酒结盟
只为把异乡的伤痛斟进酒杯
此时的乡情不是药，不如一碗
老家的麻辣牛肉面
一屉汤汁浓郁的灌汤包

在陌生的城市
清醒时用善意感动别人
喝醉后用眼泪想念老家

晨起，在河边

此时的大钱港，她柔情温婉的
身段，睡意惺忪地流淌
拨动六点以前的琴弦。高山流水
是一场稀缺的雅集。孤单地凝望
朝阳比梦醒得早。两岸布施的
垂柳。夏日的晨风送来信仰

柳枝上的鸟雀用欢唱感恩清晨的宁静
麦冬草用蓬勃的绿感恩夜露的晶莹
凌霄花用攀缘后的盛开感恩香樟的支撑
我选择做一株河堤上无名的小草
感恩每一阵吹过身边的风

它 们

在紫藤、黄壳竹、垂柳、夹竹桃的身旁
让脚步慢下来，不要拍起浮尘
繁盛的草，泥土用绿来供养安宁的夏

它们，总被快速前行的脚忽略
落在光阴后面。在眼睛以外
有滋有味，日子就像树的叶子。如果风吹来
整个夏天是一本放不下的童话

有人开始当初修行，纯真用不着许愿
在很快到来的秋天相逢
干净的心才能打开干净的世界

碎　语

那只黄蜂在丝瓜花上飞来飞去
都寒露时节了，一朵
没有结局的花。花蕊上将要枯萎的甜
不要指望老妇会怀上春天
在你身边却如此遥远的花事
迟到或留守都是一场掉队的盟誓

草丛间的虫，它们的号角态度鲜明
在寒冬来临，大雪掩埋之前
用集体的狂欢，用愉悦，用说不清的碎语
时刻伴随着受精之后的死亡

我的孤寂在人群中走丢

夜晚来临之前下了几滴雨
看到窗外的地上潮湿之处
怀疑是小区的狗留下的尿迹
室内的温度怂恿汗液突破毛孔宣示主权
一个多月，我喜欢捉摸这些微末细节
离开人群，我像只掉队的狼
忘掉丛林的阴郁接受沙漠的荒凉

还是在窗外，秋虫不停地叫着
像是喊醒走丢的同伴
在消瘦的草丛深一脚浅一脚地迷路
又像是因为喜欢，喋喋不休地重复呢喃
在夜的海底掀起浪花

几千册的藏书在这家里，就像是超生的地球
每一本世界只要翻开就能相遇
在别处，在别人的世界做一个陌生人
我的孤寂在人群中走丢
因为这样不同的相遇
我更向往一块石头的沉默不语

黎明来了

卧眠于大海的潮汐，此时
倦意退去。那曾经过的山涧流水
是大山吹奏出的笛音
把月光吹到水墨的天幕
这份良缘隔着玻璃苏醒

露水是上苍所赐，野外的草叶
为相遇奉送碎银打点远方的晨曦
鸟鸣悬挂在枝柯间
像一枚将要成熟的果实落下
朝云向人间发布喜悦的请柬
去赶赴一场辽阔光明之约——

女儿的上学路上，我们的上班途中
沐浴朝阳的那刻就像投入母亲的怀抱
一路回味加入蜂蜜的牛奶倒入洁净的玻璃杯中

树叶落在车顶上

天一冷就开始刮风下雨了
斜雨穿行人间
收敛嘴。赋予摇摆的树枝
在更深邃的天空
高低的云层也是渺小的叶子

我缩在衣服内极力阻止流失的温暖
看到它在车顶上的足迹
这种凌空而过只留下了舞步
像碎裂的瓷器铺满在路上
我的疲倦全无，雨遮蔽了远方
让足迹比路更扑朔迷离

我看到它时，时间停止
我把它带入生活
却无法改变，它与生俱来的宿命

清明时节雨纷纷

放假第一天，雨就下个不停
去菜场买回一大堆蔬菜
有茄子、南瓜、莲藕、泡椒
还有时令的蚕豆、菜花、竹笋等
隐约觉得，这几天需要素食怀念先人

听着雨水击打树叶，这些来自上苍的良心
在路上。江边白浪，这几天应该是
嘶吼着拍岸，自从出生从未有过死的经历
它的永恒是一张填不满的白纸

躺在沙发上翻书，猛然警醒，牧童遥指之处
柳芽开花，是雨水附体更是重生

病房里的大丽菊

邻床 95 岁的老人，因心脏旧疾住进医院。
他 85 岁的妻子，相伴左右，
闲时哼几句越剧，并和他唠叨过去。
他一生视花草如同女人。

之后几天，一株大丽菊插入矿泉水瓶中。
在病房的窗台上，这朵黄色的菊科草本，
病历不忍写下诊断，
医嘱：残缺是为了唤醒记忆；
在药水如同硝烟一样纷飞的早上，
阳光花瓣为逗留书写花语——
哪怕就是一瞬，也要在内心泛起涟漪。

她在花坛内掐下这朵大丽菊后，
不停地向他求证：好看哇……
如同当初两人的相遇——
喜欢一株年轻的大丽菊，
因为有一天，它会老去。

怀　旧

农家小院、泥塑的农人
田畴阡陌上犁田的牛
就在公园的一角
这里是农事活动的微缩景观

一批批的人经过这里
看着这些陈年的旧事
他们除了游玩的欢欣
或者告诉身边的孩子
一些不太准确的往事

都市的繁华与纸醉金迷
让有些应该记住的
只停留在纸上
或者消失在一些人的记忆中

我们也会成为过去
就像那泥塑的农人
要么活在别人记忆中
要么什么都不能留下

大街上

这么多的人在相互推搡
就因为都在过“劳动节”
夹杂其中　如果嗅觉不是很迟钝
会被各种味道熏倒

那位没有双臂的男人
被各种味道包围着
他用嘴叼着毛笔　趴在地上的白纸上
奋笔疾书　他在乞讨

很快　有人在向他的盒子里扔着硬币
也许不是因为他的字有多好
他写得那么专注　对所有施舍没说一个“谢”字
就真如他写得那样——自强不息

我想以此教育女儿
让她去向盒子里投十块钱
她挤进去然后很快挤出来
一脸的轻松　像什么也没有发生过

阳光照在孩子身上

菜地边出现一个孩子
这家老宅的后院
安静的菜地等着一场春雨后

我偶然路过这里
孩子来自哪里
就像菜地里还未破土的苗
身世只有播种的人知道

这似乎都不重要
在冬日的上午，阳光的温暖
让思维变得慵懒
阳光照在孩了身上
影子茁壮成长
我所看到的
孩子是菜地里早出的
另一棵苗

麦当劳里的姑娘

此刻我想起了提香和安格尔的油画
多么荒诞不经的想法
空间的转角飘着派、汉堡的味道
我开始有些负罪，坐立不安

这样的空间到处充满着诱惑
她们的声音停留在唇上
往事的脸庞开在墙上
一只苹果结束了一棵树的青春

麦当劳里的姑娘
还是抓紧回到厨房，当好新娘
撕下一页日历，冬至就到了
从此白天比黑夜一天比一天长

躲在春天里

与不期而遇的寒潮无关
之前的凛冽就像一场阴谋
比杀戮可怕。那道锋刃
如同寒夜灯下暗藏的锥子
向前迈步就可能见到花开花谢

但是，油菜花就开在眼前
这些邻家女孩的喧哗遮盖了鸟雀的叫声
被火焰温暖不如被灼伤
疼痛永远是救赎路上的号角

春天，是有才情的歌姬、艺妓
桃红柳绿，莺歌艳舞
这些娇媚一如肉体
像各种花开着

厨　房

系上花围裙的那人
在厨房里
捧着各种雾气
这是许多植物散发的呼吸
能轻而易举毁掉城池
然后叮叮当当的声音
是煮熟的稻米
装进秋天的碗里
这些不被人察觉的细节
猜出围裙上灯芯草的心事
那枚长在远方的灯芯草
会不会系上花围裙
在厨房里
想灯芯草一样的心事

饮食男女

因为饥饿，我们与便当亲热
此刻，可以不用脑思考
我们的胃渴望同样的食物

哲学的无用被玻璃挡在门外
每天都要过完的日子
我们对情人也有厌倦的柔软
我们学会笑，修炼出教养
但不能把心交给喝醉的嘴
速朽的身体比千疮百孔的大堤
更容易坍塌。我们
已不能相拥或者握手

现在，因为饥饿
我们从走进来的那刻起
一切都平等了……

口腔门诊

毫无选择地躺下
张开口腔，不是为了呐喊
面对口罩和搜索的眼睛
消逝的青春已没有隐私
掉队与缺席的坚硬
被镊钳夹住扔进垃圾箱

稍事片刻，甲硝唑、克林霉素
会再次流进体内，为口腔
找回坚硬。一次远行归来
悉心整肃口腔内的队列
口腔门诊会公布单选答案

难抵宴请的诱惑，上瘾的口福
被幸福麻醉，早已想不起戒除
但要乘清醒时，为青春留足
消费口腔的资本

酒醒后

我明白了凤凰以火为浴
重生，是让自己先痛苦
酒精流经的血管
早已轻车熟路

喝酒时，我把尼采忘得一干二净
尼采生来就是最好的劝酒师
他的那些语录，我背得滚瓜烂熟
目的是酒醒后，为不再忏悔找理由

每一次酒醒后，今晨是昨夜的重生
那些为道德而假装的过去
就像被搓掉的污垢

狐　狸

用《聊斋》自慰的深山
躲在伤口里疗伤。爱情总是从
那双媚眼开始，再把眼泪流在
结局里。妩媚的风险，可能只有
功名才能救赎。布衣温暖但不能厮守

一直在为成妖还是为人
耽搁修炼。狐狸不是活在修炼中
那些先是缠绵后成陌路的
人海、市井、槐柳要为下一次
媾和找一个说得过去的借口

中国书法

龟甲是巫师把玩别人的祸福
结绳记事记不下疯长的农耕
酋长的艳福把权杖裹挟在毛皮内
那把石刀或者骨刺
从此找到最适合的部位

河流哺育的龟甲
流水的锋刃切割的不是界限
交错的线条孕育流水的声音
笔削的青史，再滚烫的心
也被墨染黑。交给找寻的
是心无旁骛的时间

在河流里天马行空的纸
用线条思考和审美
那把石刀和骨刺，嗅到
此刻祭奠的墨香

标　本

牙齿是森林、荒野领地的
界碑。夜晚闪着绿光的磷火
在试验室熄灭。披着
狼的外衣，诸如天鹅、羊羔
此刻不再是它的食谱

树枝上的征服者，踩着天空
跳出动物世界里最优美的爵士舞
可它流落到这里，一只猴
从灵长类的进化途中掉队

它们都死了。躺在试验室里
这些凝固的死亡，永远等不到
一场悔悟的超度仪式

南歌子

晚霞低垂。红盖头一样的喜悦
撩拨着香格里小区的每一双眼睛。公园里
广场舞游弋在清凉晚风的水底
内心是一枚剥开的莲蓬

又如荷塘在头顶上面摇曳
颜色的盛宴渲染雁唳远去
它们的离去如火焰般夺目

花与残叶同时悬于天幕
两条路上的旅人在此交汇又天涯各旅
如果有牛背上的笛声，那是恍若隔世的归路
没有方向，没有路标；但一生都需要
煎熬此药洗净长衫短袄

人生戏台，线装的曲谱古董般静默
不忍拉响松弛的弦
速朽的脸谱，油彩遮挡不了谎言
双目柔情却又脆薄如霜
油灯的点燃是为了黎明来到时熄灭

河流，只有河流每一刻都是新的
它的来处，它的去处，琴弦上蝉翼般的音
南方从族谱中消失时，又在一个新的地方开始

擦　拭

一块抹布就可以
玻璃上的灰尘就纷纷逃离
时间的累积
也会不堪一击

那么，心灵的玻璃
变得模糊不清
这世间没有一块抹布
可以擦拭

在时间的两端
要么变得干净
要么变得更脏

西餐厅

牛排与沙拉不远万里
在陶瓷与京戏的国度言欢
用惯筷子的双手
学着拿起刀叉
柴米油盐相守的厨房
方言爬上长着苔藓的院墙

靡靡音乐让清醒揪心
诱惑的水果不分国籍
清甜的汁水让部分器官上瘾

阳光刺穿玻璃
把汉语作母语的人
吃进胃里能否真的消化

在马军巷的霅溪边喝茶

在马军巷的霅溪边与一排柳树很近
玻璃茶杯冒着茶山雾气

露天喝茶会有一些心虚
春日阳光下，在有些寒冷的溪边
老板娘的脸显得更有
温度。随时走过身边的陌生人
相互把隐私藏得很深

一杯水和一片叶的事
一直在《茶经》里花开花落

前世的事会是后世的事吗
就像有人一辈子什么都没做
却流走了一辈子光阴

在超市

物质的有型，为欲望制造的陈列
随时都可以取走。
货架伸出无数双手；但听不见吆喝声。
我和你，还有他们
把内心暴露在相互的眼前
货篮车金属之网包裹着监狱般的森严。
癖好、隐疾诸如此类的钻石
也轻描淡写如流星划过白昼。

而胃只是一个器官
更是无法打开卸下的枷锁。

我感知到沙石的想法
当你攥紧它们时
已与它们相隔着一条银河的星群。

在路上

当我在路上
我留恋余温未散的棉被
回味昨夜复苏的
青春茫然。沉浸在夜色
汹涌的海底，我放弃逃离
安然接受看不见的所有
既然醉了，就毫无羞愧地
耍一回流氓
（与坚强地活着，这又能算什么?）

我把一身酒气，还有惺忪的睡意
按顺序洒在
毗山西路、美欣达路、湖织大道上
告诉年迈的父亲，此时我学会
循规蹈矩。我被责任彻底打败
臣服玻璃墙内美好的生活

只是当我在融入泥土前
能否弄清歌厅小姐的那场戏
为何只有开场
没有谢幕

在打字复印店

键盘敲不散午后的雾霾
在雪白的 A4 纸上
油墨黑得让人心慌
装订成册的人生
有那么多抛弃的野史
过去终将成为一片荒漠

那几位大四的女学生
复印机吐出她们的足迹
朝着她们未知的荒漠方向

窗外月光

她已嫁作人妇
喜读《红楼梦》，喜爱黄昏阳台静坐
织一件鹅黄的毛衣
那天她漫不经心说出一句
喜欢，私奔也没什么不好
那年她十九岁

从此窗外月光是连接两岸的渡船
她消失在显眼的人群里
月亮之上的墓碑
总有乌云留下的痕迹

月光之下，人老发白
心底空如寰宇

隐秘的事情

梅雨天，雨是显而易见的
空气的潮湿在干湿表上原形毕露

挂在衣架上鸭舌帽长出了霉斑
去年冬天的那场大雪踪迹可寻

读书时的昏沉想抓住唇红齿白的光阴
每一本书里都住着一位先人

朋友圈里有人发文说刘邦是个流氓
这是否在提醒今天的作为就是明天的史书

看到每一张笑脸不能确定是否源自内心
阳光被遮蔽在云端但它的照耀一直夺目

暗　香

城市的味道此时多么迷人
缓缓走过她的身旁
在浓密的树叶间
她是国画的留白
开得灿烂却不张扬
选对姿态比开在哪里重要

城市一些道路的两边
香樟树，让路过的人纯洁起来

南方植物生长

地理的南方，也是我心中的南方
就像宿命中时常萦绕的梦境不愿醒来
在安吉，在马鞍山村的山岗或者岭下
在中南百草原安家的植物交织的海底迷失方向……

此时，我就是胆小听话的学生
睁大双眼，清楚地记录植物们的来龙去脉
并默念她们每一个人的名字，把思念的空格填满——

苍松、蜡瓣花、鹅掌楸、含笑、厚朴是坚实的乔木
就像屋宇的脊梁，胸怀山川万仞的高度
黄花稔、金缕梅、望江南、金花茶、迎春花是密集的灌木
就像赶集的乡亲，喜悦充满了人间
萱草、酢浆草、鸭跖草、虎耳草、风铃草是内敛的草本
就像女儿国薄纱衣袂，摇落了路过之人一世的魂魄
荇菜、萍逢草、黄花狸藻、香蒲草是安静的水生植物
就像来自秘境的歌声，在线装的宣纸家谱上补上履历……

伴随南方植物生长，如同每一处推开窗户的心灵

立秋之日

骨折的脚趾换好纱布
双氧水清洗过伤口
像闭着的眼睛
不愿看到世间的疼痛

拄着双拐的路程
一只飞累了的鹰耷拉着翅膀
在大地上，谨慎与谦卑是身后
紧随的鞭子

天气依然酷热
难得一见的蓝天白云
这些不速之客
尽管以前多么迷恋它
此时，就像脚趾上闭着的眼睛
不愿见到它

六月十八日

八点多钟时，鹧鸪在床头欢叫
手机的铃声以拯救者的姿态喧哗无忌
我已忘记让我头脑昏沉的梦
这是个无法预约的黑洞
消解存在，或者永生

而其时，手机的另一端连着真实的虚无
话剧的装腔作势只能是一群痛苦的面具
谁敢说农贸市场不是舞台
蔬果酱料、面点卤煮、肉禽苍蝇
素食主义，血腥的屠杀，都习以为常
贩夫走卒比生活的本身更值得怜悯和敬仰
那些极力想证明不是戏子的人
只有在农贸市场最为真实

这不是特殊的日子
就像每天都有不同的故事发生
我拎着买好的菜回家
等候一筐饱含情谊与微末福利的长兴杨梅
但仍有许多事情擦肩而过

如同故乡屋脊飘散的烟
一场诗歌的雅集，一位友人的邀约，一次荒废的性事……
我都无法摆脱因每天的经历与错过
如同几千年前那场著名的庄周梦蝶之惑

大　海

我仿佛进入故乡。
蔚蓝色的少年在狂奔，
飞翔的麦浪是琴键上的良辰美景；
眼神绘就海鸥盘旋的路径。

任性的海轮，为翡冷翠般的记忆招魂。
我想起父亲的肩膀，
在高过头顶的地方看到更远的家园。
那是我的岛屿，草木葳蕤就像肌肤更迭的毛发。

这也是我的迷途。叶子飘落水中后，
它的岸边可能是不能到达的辽阔。
我的陌生如同在母腹中呱呱坠地，
海平面构成灯塔的白昼与夜晚。

我会畏惧星空的假象。尘埃之下，
那是佛坐坛讲经，浪花像莲花一样开着……
对于很多人，这是沉睡不醒的夜晚，
涛声拍岸，在雄狮的嘶吼中孤寂贯穿始终。

人生只若虚度（跋）

炎炎夏日，我的右脚第二趾粉碎性骨折。住院一个星期，手术之后一根钢钉固定住将要分崩离析的碎骨。我就像一只飞累的鹰耷拉着双翅，依靠双拐艰难地行走。如同一幕喜剧，难得一见的滑稽，成了生活中无需刻意妆扮的小品，日常社交也随之戛然而止。他们都好奇为什么我跨一个坎就踢折了脚趾。我喜欢浮想联翩，他们也是。

这一个多月来，每次去换药，我都要经过莲花庄公园的那条路。两旁向前延伸的法国梧桐枝繁叶茂，遒劲的枝柯相互簇拥连接，就像无数双握紧的手。夏日的炽热被遮挡。那些穿过稀疏缝隙泻下的阳光落在路面，行人的身上，透过车窗落在我的腿上。斑驳陆离的空间下有着太多的可能与不确定，就像在人生的冥想中虚度了时光。何尝不是呢？周围的那些人活着的死去的有几人不是虚度时光？

坐在车厢里回头想想我自己，除了几十年不舍不弃的诗歌，还有什么能拿来人前一说呢？或许连诗歌都不能。这个世间除了物理的时间一切都是速朽的，就连光芒耀眼的太阳也会有火焰熄灭的那一瞬，演化为黑暗寒冷死寂的黑矮星！宗教的伟大，在于漠视物质世界的存在，在精神世界里寻求归宿和永恒。这让我坚信诗歌里存在的宗教精神，每位诗人都应该是信徒。我到现在也没弄明白为何柏拉图要拒诗人于门外，这是《理想国》留给后人的悬疑。

每一个人要坚守一件事，需要禀赋更需要偶然的机缘巧合。现在想想我写的第一首“诗”应该是初中二年级，关于春天的，内容已经不记得了。我把写好的诗拿给语文老师。她叫刘昀，两年制师专毕业，听说初、高中又跳了级，我又是她第一届学生，因此和我们相差没几岁。她很认真地在我递交的稿纸上用红笔批注，都是些表扬鼓励的评语。此后，我都会认真听刘老师的语文课。诗歌的种子也播在了心里。我的初中班主任叫臧伟，是专业很厉害的化学老师。有次我去他学校的家里，他家藏书很多，文史哲自然科学类的都有。估计他听说了我写诗的事，不谈化学话题却有意无意地和我谈到哲学、文学等“闲篇”。那次我邂逅了罗素的《西方哲学史》，一个暑假我都被罗素弄得云里雾里。后来，臧老师家的藏书我都可以借阅，这也为我打开了课本以外的精彩世界。我至今仍保持的阅读习惯就是从那时萌芽和养成的。阅读，是诗歌的盐粒与钙片。

我真正发表的第一首诗是在1996年，发在《诗刊》青年版上。那时国内的文学氛围非常火热，好像全国的年轻人都是文学青年，各种文学思潮如雨后的春笋，让人眼花缭乱。在那样的氛围中，似乎每一个文学青年都是精神贵族，傲视俗物，鄙夷物质欲望，填写工作履历也要加上“爱好文学艺术”。至今还记得海子潦倒时对酒吧老板说的那句——“你可以不给我酒喝，但不能污蔑我的诗歌！”我把它当成诗歌的宣言。也就是在1996年，我非常有幸参加了《诗刊》的年底改稿会。现在想来，这是我很重要的一次诗歌之旅，是冥冥之中的机缘相遇。那次我几乎见到了《诗刊》所有的编辑，包括叶延宾、李小雨、寇宗鄂、朱先树、唐晓度、雷霆、梅绍静、周所同、邹静之等老师。在一个星期的朝夕相处中，就像一次诗歌的检阅，在这座诗歌的圣殿，一下颠覆了我之前的诗学经验，也无形中让我站到了自己的一个高度。为此，我至今心存感念。后来陆陆续续也在全国的一些报纸杂志发表了一些诗歌，我认为这不重要，重要的是我心中由初中时播下的那枚诗歌种子，在经过几十年不离不弃地朝圣膜拜的求索道路上，应该青枝绿叶成为莽莽森林里的一株了吧？

这么多年下来，诗歌的实践早已和我的生活融为了一体，工作、读书、写诗就是日常三部曲。拄着双拐的行程是艰难的，但我却拥有了整块的时间。躺在床上重温尼采、克尔凯郭尔、维特根斯坦等人的书。其实尼采自己就是一位大诗人，在他所有的哲学著作中除了《悲剧的诞生》其他几乎都是格言体写成，那充满诗意的幻想与呐喊，就是诗歌的富矿。克尔凯郭尔给诗人下了定义——“一个不幸的人，他把极度深刻的痛苦隐藏在自己心里，他双唇的构成竟然使经过它们的叹息和哭泣听上去像美妙的音乐。”对此，我是否可以理解成，浪漫主义始终是文学、艺术以及诗歌乃至人生哲学的基质，是一种基本的人生态度。我一直怀疑那些轻视于此的故弄玄虚，诗歌更容不得一丝的故弄玄虚！就像维特根斯坦坦诚的那样——“我选择对难以说清的事保持沉默。”

对于诗歌，我愿意在实践中保持沉默！所以，长期以来未发只言片语。其实也不是没有话说，比如我就对一些在群体内的似是而非的诗歌主张不以为然。用现在时髦点的话说，这是营销，是符号的炒作。每位诗人的阅历、学识、禀赋等决定了他们诗学经验的千差万别。诗歌是一种际遇，是内心审美不停地复活。诗人，应该是语言的洁癖者。那些污浊、粗鄙、腥膻、口水的语言也只能称其为分行的文字，而非诗歌。除非是意象审美趣味的倾向，那得也要具备化丑为美，化腐朽为神奇的本领。正如波德莱尔说：“你给我泥土，我把它变为黄金。”这是把美内在化、精神化的能力。

习惯于保持沉默，这让我想到湖州铁佛寺里的千年铁观音，“铁佛沉默，香炉安静/胜过千言万语”。这也是我一直不愿出诗集的缘起。那些都是你的过去，冷暖自知就足够了，因为她终会淡出“逝者如斯夫，不舍昼夜”的时间长河。辛弃疾写道：“人生忧患始于名，且喜无闻过此生；却得少年耽酒力，读书学剑两无成。”这何尝不是在为虚度的人生欷歔彷徨啊！有时我又难以抵挡同道们的劝说以及盲从的诱惑，毕竟周围那么多人都出书了。按理说，人过四十就应该看淡名利，耐得住寂寞，关心家人友爱朋友，让虚度的人生时常伴随暖意。比如在如此炎热的盛夏，因我的脚趾骨折，妻子张明芝忙前忙后开车往返于家、医院、单位操持斡旋。感谢崔世豪董事长、章振民校长以及李小斌总经理的鼎力相助促成诗集的顺利出版。这是本诗歌选集，所收录的诗歌时间绵迭二十多年，风格可能迥别，呈现不同时期的面貌，但审美的趋向应该是一致的。我只能奢望这册薄薄的诗集在虚度的人生长河中激起一小朵浪花，用一瞬的绽放回报爱护、关心、支持我的亲人以及朋友们！

2016 年 8 月 26 日于浙江湖州